魔法圖書館 ❶
拯救彼得潘

人物介紹

佳_{ㄐㄧㄚ}妮_{ㄋㄧ}

個_{ㄍㄜ}性_{ㄒㄧㄥ}開_{ㄎㄞ}朗_{ㄌㄤ}、頭_{ㄊㄡ}腦_{ㄋㄠ}聰_{ㄘㄨㄥ}明_{ㄇㄧㄥ}，在_{ㄗㄞ}任_{ㄖㄣ}何_{ㄏㄜ}情_{ㄑㄧㄥ}況_{ㄎㄨㄤ}下_{ㄒㄧㄚ}都_{ㄉㄡ}能_{ㄋㄥ}保_{ㄅㄠ}持_ㄔ冷_{ㄌㄥ}靜_{ㄐㄧㄥ}。為_{ㄨㄟ}了_{ㄌㄜ}照_{ㄓㄠ}顧_{ㄍㄨ}妹_{ㄇㄟ}妹_{ㄇㄟ}妮_{ㄋㄧ}妮_{ㄋㄧ}，無_ㄨ論_{ㄌㄨㄣ}何_{ㄏㄜ}時_ㄕ何_{ㄏㄜ}地_{ㄉㄧ}都_{ㄉㄡ}非_{ㄈㄟ}常_{ㄔㄤ}小_{ㄒㄧㄠ}心_{ㄒㄧㄣ}、謹_{ㄐㄧㄣ}慎_{ㄕㄣ}。平_{ㄆㄧㄥ}時_ㄕ喜_{ㄒㄧ}歡_{ㄏㄨㄢ}看_{ㄎㄢ}書_{ㄕㄨ}，讀_{ㄉㄨ}過_{ㄍㄨㄛ}很_{ㄏㄣ}多_{ㄉㄨㄛ}世_ㄕ界_{ㄐㄧㄝ}名_{ㄇㄧㄥ}著_{ㄓㄨ}。

妮_{ㄋㄧ}妮_{ㄋㄧ}

好_{ㄏㄠ}奇_{ㄑㄧ}心_{ㄒㄧㄣ}旺_{ㄨㄤ}盛_{ㄕㄥ}，偶_ㄡ爾_ㄦ會_{ㄏㄨㄟ}有_{ㄧㄡ}點_{ㄉㄧㄢ}衝_{ㄔㄨㄥ}動_{ㄉㄨㄥ}，但_{ㄉㄢ}也_{ㄧㄝ}因_{ㄧㄣ}為_{ㄨㄟ}如_{ㄖㄨ}此_ㄘ，有_{ㄧㄡ}時_ㄕ候_{ㄏㄡ}能_{ㄋㄥ}以_ㄧ意_ㄧ想_{ㄒㄧㄤ}不_{ㄅㄨ}到_{ㄉㄠ}的_{ㄉㄜ}方_{ㄈㄤ}式_ㄕ來_{ㄌㄞ}解_{ㄐㄧㄝ}決_{ㄐㄩㄝ}問_{ㄨㄣ}題_{ㄊㄧ}。個_{ㄍㄜ}性_{ㄒㄧㄥ}單_{ㄉㄢ}純_{ㄔㄨㄣ}又_{ㄧㄡ}隨_{ㄙㄨㄟ}和_{ㄏㄜ}，和_{ㄏㄜ}每_{ㄇㄟ}個_{ㄍㄜ}人_{ㄖㄣ}都_{ㄉㄡ}能_{ㄋㄥ}成_{ㄔㄥ}為_{ㄨㄟ}朋_{ㄆㄥ}友_{ㄧㄡ}。

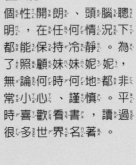

托_{ㄊㄨㄛ}米_{ㄇㄧ}

守_{ㄕㄡ}護_{ㄏㄨ}「波_{ㄅㄛ}普_{ㄆㄨ}斯_ㄙ」魔_{ㄇㄛ}法_{ㄈㄚ}圖_{ㄊㄨ}書_{ㄕㄨ}館_{ㄍㄨㄢ}的_{ㄉㄜ}大_{ㄉㄚ}魔_{ㄇㄛ}法_{ㄈㄚ}師_ㄕ。遭_{ㄗㄠ}到_{ㄉㄠ}潛_{ㄑㄧㄢ}入_{ㄖㄨ}圖_{ㄊㄨ}書_{ㄕㄨ}館_{ㄍㄨㄢ}偷_{ㄊㄡ}取_{ㄑㄩ}黃_{ㄏㄨㄤ}金_{ㄐㄧㄣ}書_{ㄕㄨ}籤_{ㄑㄧㄢ}的_{ㄉㄜ}黑_{ㄏㄟ}魔_{ㄇㄛ}法_{ㄈㄚ}師_ㄕ攻_{ㄍㄨㄥ}擊_{ㄐㄧ}，變_{ㄅㄧㄢ}成_{ㄔㄥ}有_{ㄧㄡ}如_{ㄖㄨ}玩_{ㄨㄢ}具_{ㄐㄩ}史_ㄕ萊_{ㄌㄞ}姆_{ㄇㄨ}的_{ㄉㄜ}一_ㄧ灘_{ㄊㄢ}爛_{ㄌㄢ}泥_{ㄋㄧ}。

彼得潘

不想成為大人而離家出走，在夢幻島上永遠以小孩的模樣生活。雖然喜歡裝厲害和以隊長自居，但在關鍵時刻會為了夥伴挺身而出。

男孩們

因為和媽媽走失而來到夢幻島上，每天都一邊冒險，一邊開心的過日子。沒看過同齡的女生，因此對佳妮和妮妮提出了荒唐的提案。

小仙子叮噹

住在夢幻島精靈王國裡的精靈之王，利用精靈的力量幫助佳妮和妮妮。在夢幻島上，只有她知道彼得潘的祕密。

虎克船長

惡名昭彰的海盜。他和彼得潘戰鬥的時候，左手和手錶都被鱷魚吃掉了，因此戴上鐵鉤，並且為了報復而不斷攻擊彼得潘。

目錄

人物介紹 …………………………… 6

序章　魔法之書 …………………… 10

第 1 章　范特西爾 ………………… 14

第 2 章　魔法圖書館 ……………… 28

第 3 章　無止盡的墜落 …………… 42

第 4 章　遇見彼得潘 ……………… 54

第 5 章　躲不掉的箭 ……………… 70

第 6 章　建造糖果屋 ……………… 80

第 7 章　精靈王國的派對 ⋯⋯⋯⋯ 102

第 8 章　小仙子叮噹的祕密 ⋯⋯ 116

第 9 章　登上海盜船 ⋯⋯⋯⋯⋯⋯ 122

第 10 章　最後的決鬥 ⋯⋯⋯⋯⋯ 132

第 11 章　所有的孩子都是英雄 ⋯⋯ 146

附錄 ⋯⋯⋯⋯⋯⋯⋯⋯⋯⋯⋯⋯⋯⋯ 154

魔法之書

全家人去遊樂園的計劃突然取消了。

我本來想穿這件衣服……

我想搭雲霄飛車！

下次再帶你們去。

我送你們到圖書館吧！

隨便啦！

好。

我又不喜歡看書。

圖書館

你想看什麼書？

好無聊……

妮妮，走吧！

我不想進去。

雖然姐姐生氣了，

妮ぷ妮ぷ！

妮ぷ妮ぷ，不要走來走去。

不過好奇心旺盛的妮妮，

姐ぷ姐ぷ，你看那ぷ裡ぷ。

書ぷ是ぷ不ぷ是ぷ在ぷ動ぷ呀ぷ？

好像有了大發現。

天ぷ啊ぷ！是ぷ鬼ぷ嗎ぷ？

好ぷ像ぷ很ぷ有ぷ趣ぷ！

靠ぷ近ぷ一ぷ點ぷ吧ぷ！

第1章
范特西爾

被吸進書中的佳妮和妮妮，發現自己來到一個陌生的地方。這裡有著粉色的天空、斗大的星星，以及翠綠的森林和清澈的海水，還有童話故事中才有的漂亮城堡。

啪！

　　像是被奇怪的力量所吸引，佳妮和妮妮坐上突然出現的雪橇，在空中飛了好一陣子，雪橇才砰一聲掉落地面。

　　「妮妮，我不是叫你不要摸那本書了嗎？」

　　佳妮生氣的說著，但是妮妮沒有回答，她好奇的東張西望。

　　「這裡是哪裡？」

　　兩人環視四周，發現周圍的景物

都和以前看過的樣子不同。唯一可以確定的是，這裡不是圖書館。

「真神奇，先拍下來吧！」

妮妮拿出手機拍照，佳妮也匆匆忙忙拿出手機。

「打電話給爸爸和媽媽吧！」

佳妮試了好幾次，電話卻始終撥不通，網路也連不上。

這裡到底是哪裡？

咚！

這時候，空中有個圓圓的物體逐漸靠近佳妮和妮妮。

「那是什麼？」

佳妮邊說邊退後，妮妮則是緊緊抓著姐姐的手臂。

「和我在電視上看過的玩具史萊姆有點像。」

雖然外形和玩具史萊姆很像，但是仔細一看，那個物體不但有眼睛和嘴巴，而且正凶狠的瞪著佳妮和妮妮，讓兩人嚇了一大跳。

「你們是誰？
是黑魔法師派來的
部下嗎？」

看到史萊姆開口說
話，雖然佳妮也很害怕，
但是為了保護妹妹，她立刻
冷靜下來。

「我叫佳妮，她是我的妹妹妮妮，我們不是黑魔法師的部下。」

「都是因為我在圖書館裡走來走去，還摸了那本奇怪的書，這是我不聽話的懲罰嗎？」

「不要怕，姐姐陪著你。」

「姐姐，那本書在那裡！」

「一切都是因為它！它到底是什麼東西？」

在佳妮準備拿起那本書時，空中的史萊姆也把手伸向書。沒想到那本書像是忽然有了生命，從地上彈起來並飛向妮妮。

妮妮下意識的抱住那本書，史萊姆見狀，立刻變成繩子的模樣，想把佳妮和妮妮綁起來。

「你要做什麼？住手！」

「這本書到底是怎麼回事？」

佳妮一邊說話，一邊握著妮妮的手，試圖安撫妹妹。

咚咚！

　　從妮妮抱在懷裡的書中，掉出了幾個奇怪的文字到地上，它們晃動了幾下，接著就冒出淺綠色的嫩芽，嫩芽又迅速長成深綠色的藤蔓。

　　佳妮和妮妮的眼睛不過眨了幾下，藤蔓就變成好幾公尺長，還把兩人也捲起來，讓她們被迫坐到粗壯的藤蔓上。

「姐姐，現在該怎麼辦？」

「不知道……總之先抓緊吧！」

藤蔓不斷變長，一會兒下降到漆黑的山谷裡，一會兒上升到白色的雲朵旁，簡直比雲霄飛車還要刺激。

妮妮開心的笑著，佳妮雖然覺得有趣，但也有點氣惱。

「到底是怎麼回事？又不是《傑克與魔豆》！」

突然間，兩人聽到後方傳來史萊姆的聲音。

「快交出魔法之書！」

沒空思考「魔法之書」到底是什麼，佳妮和妮妮因為被史萊姆追著跑，緊張得只想趕快逃離。

這時候，又有一些奇怪的文字從妮妮懷中的書裡跑出來。

嗶嗶！

跑出來的文字竟然變成了一隻獨角獸！牠用頭把佳妮和妮妮往空中頂，讓她們坐到自己的背上，並迅速跑了起來。

「給我站住！」

氣急敗壞的史萊姆一邊大喊，一邊追趕著佳妮和妮妮。

一行人來到了海邊，獨角獸被從未見過的海浪嚇到，忽然停住腳步，導致佳妮和妮妮掉進了一望無際的大海裡。

佳٦妮²趕٣緊٦屏٦住٦呼ﾉ吸ﾌ ，四ﾑ處٦尋٦找٦妮²妮²的٦蹤٦影٦。

　　「 姐٦姐٦ ，你٦看٦ ，我٦和٦人٦魚٦一ˊ起٦游٦泳٦耶٦！」

　　人٦魚٦身٦上٦的٦鱗٦片٦就٦像٦寶٦石٦一ˊ樣٦閃٦閃٦發٦光٦ ，她٦牽٦著٦妮²妮²的٦手٦ ，在٦海٦裡٦自٦在٦的٦游٦泳٦。

　　佳٦妮²想٦搗٦住٦妮²妮²的٦嘴٦巴٦ ，但٦是٦妮²妮²卻٦只٦顧٦著٦和٦人٦魚٦游٦泳٦ ，使٦佳٦妮²煩٦悶٦得٦大٦喊٦：「 妮²妮² ，別٦再٦說٦話٦了٦ ，萬٦一ˊ溺٦水٦怎٦麼٦辦٦！」

「可是姐姐也在說話，也沒有溺水啊！」

妮妮笑嘻嘻的對著佳妮說。

「雖然我們在海裡，卻可以正常的說話，真神奇！」

人魚也牽起佳妮的手，帶著兩人一起游泳。岩石上的貝殼像在拍手似的，發出啪啪的聲音。章魚噴出黑得發亮的墨汁，似乎要用來迎接佳妮和妮妮。身旁的海豚則是嘴巴一張一合，製造出許多美麗的泡泡。

受到海洋生物們熱烈的歡迎，佳妮和妮妮開心的游著泳，就像做了一場美夢。

　　這時候，妮妮大聲喊道：「姐姐，是鯨魚耶！」

　　閃耀金色光芒的鯨魚游到佳妮和妮妮的下方，等人魚放開手後，鯨魚便把兩人揹到背上，往水面一跳，佳妮和妮妮也因此被拋到空中。

抓到了！

　　不放棄追趕佳妮和妮妮的史萊姆看準了機會，把姐妹倆捲進身體裡，牢牢的困住兩人。

　　「姐姐，怎麼辦？」

　　「我也不知道……」

　　史萊姆帶著不安的佳妮和妮妮，來到一棟外觀非常雄偉的建築物。

第2章
魔法圖書館

　　一一打開門，佳妮和妮妮發現這棟建築是一座巨大的圖書館。但和一般圖書館不同的是，這裡有穿西裝、打領帶的樹懶在翻閱文件，穿背心、戴眼鏡的猴子坐在鞦韆上整理書本，而把筆和尺插在腰帶上的狐獴則對兩人微笑。

　　走到圖書館正中央時，史萊姆忽然變成繩子，把佳妮和妮妮牢牢的綁

起 $_{\langle ~}$ 來 $_{ヵ历}$ 。

「 快 $_{ヮ历}$ 把 $_{ク Y}$ 魔 $_{ヮ ट}$ 法 $_{ ヒ Y}$ 之 $_{ ` }$ 書 $_{ アㄨ}$ 交 $_{ㄐㄠ}$ 出 $_{彳ㄨ}$ 來 $_{ヵ历}$ ！ 」

雖 $_{ ムㄨ\Lambda}$ 然 $_{ ⎕ ᄒ}$ 那 $_{ ⋂ Y}$ 本 $_{ ク Ｄ}$ 書 $_{ ㄕㄨ}$ 救 $_{ ㄐ ⑺ㄡ}$ 了 $_{ㄌㄠ}$ 她 $_{ ㄊ Y}$ 們 $_{ ᄆ Ｄ}$ 很 $_{ ⎡ Ｄ}$ 多 $_{ ヵ ट}$ 次 $_{ ㄘ}$ ， 不 $_{ クㄨ}$ 過 $_{ ⟪ ᄒㄛ}$ 如 $_{ ⎕ ㄨ}$ 果 $_{⟪ㄨ ट}$ 不 $_{ クㄨ}$ 交 $_{ ㄐㄠ}$ 給 $_{ ⟪ ㄟ}$ 史 $_{ ㄕ}$ 萊 $_{ ㄌ 历}$ 姆 $_{ ⋂ㄨ}$ ， 恐 $_{ ⎡ㄨ Ｌ}$ 怕 $_{ タ Y}$ 他 $_{ ㄊ Y}$ 還 $_{ ⎡ 历}$ 會 $_{ ⎡ㄨ ㄟ}$ 繼 $_{ ㄐ ⎏}$ 續 $_{ Ｔㄩ}$ 追 $_{ 业ㄨ ㄟ}$ 著 $_{ ⋅ ट}$ 自 $_{ ℗}$ 己 $_{ ㄐ ⎏}$ 和 $_{ ⎡ ट}$ 妹 $_{ ᄆ ㄟ}$ 妹 $_{ ᄆ ㄟ}$ 跑 $_{ タㄠ}$ 吧 $_{ クY}$ ！

佳 $_{ ㄐ Y}$ 妮 $_{ ⋂ ⎏}$ 冷 $_{ ㄌ Ｌ}$ 靜 $_{ ㄐ ⎏Ｌ}$ 的 $_{ ヵ さ}$ 想 $_{ Ｔ⎏尤}$ 了 $_{ ㄌㄠ}$ 想 $_{Ｔ⎏尤}$ ， 決 $_{ ㄐㄩ せ}$ 定 $_{ ヵ⎏Ｌ}$ 把 $_{ ク Y}$ 那 $_{ ⋂ Y}$ 本 $_{ ク Ｄ}$ 書 $_{ ㄕㄨ}$ 交 $_{ ㄐㄠ}$ 給 $_{ ⟪ ㄟ}$ 史 $_{ ㄕ}$ 萊 $_{ ㄌ 历}$ 姆 $_{ ᄆㄨ}$ 。

「要給他嗎？雖然我很捨不得……好吧！」

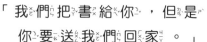「我們把書給你，但是你要送我們回家。」

「如果你們只是來范特西爾玩，那我會送你們回家，但是……」

「但是？」

「如果你們是黑魔法師的部下，我就要把你們關進監獄！」

「我才不要被關進監獄！」

「無論是范特西爾或黑魔法師，我們都是第一次聽到。」

「沒錯，我們根本不知道這裡是哪裡。」

「我們忽然被吸進書裡，連慌張都來不及，就經歷了那麼多事。」

「不過，姐姐，這裡好像比遊樂園還好玩耶！」

「唉！我真不知道該怎麼說你！」

妮妮嘿嘿笑著，雙手則捏著史萊姆變成的繩子。那條繩子似乎快被妮妮捏爛，甚至掉了一撮下來。看到這個情況，佳妮靈機一動，拿起那撮繩子並丟向史萊姆的臉。

30

被砸中的史萊姆頓時愣住，繩子也因此鬆開，佳妮趕緊拉起妮妮的手。

「妮妮，快跑！」

　　　　　　　　「你們真是不聽話！」

　　生氣的史萊姆從繩子變成一隻巨大的手，眼看就要把佳妮和妮妮拍扁的時候——

哇啊！

救命呀！

突然間，史萊姆大手在佳妮和妮妮的頭上停了下來。

「你手掌上的字是……」

　　史萊姆小心翼翼的抓住妮妮的手，攤開她的手掌。妮妮也看向自己的手掌，這才發現上面有著滿滿的黑色文字。

　　妮妮嚇了一大跳，用力甩手，又用力往褲子上擦，但是文字沒有掉下來，也沒有被擦掉。

　　看到這個情況，史萊姆一改剛才凶狠的態度，親切的對著佳妮和妮妮解釋。

「這是魔法之書裡的文字，它們跑到你的身上，就是魔法之書選擇了你們的證明。歡迎你們來到范特西爾，我叫做托米。」

　　妮妮驚奇的看著佳妮手上的魔法之書。

「這本書是魔法之書？難怪它在圖書館的書架上動來動去，剛剛又掉出很多奇怪的文字來救我們。它還能做什麼呢？太神奇了！」

妮妮開心得說了一大堆話，佳妮卻很冷靜的把魔法之書交給托米。

「給你。趕快送我們回家吧！」

　　「魔法之書選擇了你們，你們會成為拯救范特西爾的英雄！」

　　托米興奮的說著，身上還發出閃耀的光芒。

　　雖然妮妮聽不懂托米在說什麼，但是被稱為英雄就讓她的心情很好，佳妮則是滿腦子都在想著回家的事。

　　這時候，魔法之書飄到空中，書頁一頁頁的翻著，同時散發出光芒，在空中浮現出影像。

在現實世界裡，每當作家們寫下一個個文字，成為一本書時，

在范特西爾就會誕生以那本書為名的王國，

書中的各個角色也會生活在這些王國裡。

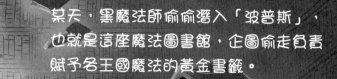

某天，黑魔法師偷偷潛入「波普斯」，
也就是這座魔法圖書館，企圖偷走負責
賦予各王國魔法的黃金書籤。

幸好黃金書籤有保護自己的能力，所以在落入黑魔
法師手中之前，它們就已經散落到范特西爾的各個
地方。

可以將黃金書籤聚集的魔法之書則逃
到現實世界裡，現在魔法之書回到范
特西爾，就能藉此找回黃金書籤了。

「魔法之書把你們帶來范特西爾，就是希望你們能找回四散的黃金書籤。」

「對不起，我們辦不到，請送我們回家。」

「你們能因此成為英雄喔！」

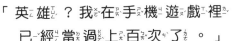「英雄？我在手機遊戲裡已經當過上百次了。」

「你怎麼能拿范特西爾和手機遊戲相比呢？」

托米激動得大哭，黏糊糊的眼淚濺向四方，原本就有如液體的身體像要融化般。妮妮於心不忍，走向托米並輕輕抱住他，托米好不容易才停止流淚，身體則變得像布丁一樣軟嫩。

「你們討厭故事嗎？你們覺得范特西爾消失比較好嗎？」

「我喜歡故事，也想在這裡玩，因為這裡好像比遊樂園有趣。」

「妮妮，你不想回家嗎？」

「我保證，找到黃金書籤後，一定會送你們回家。」

「那要去哪裡找黃金書籤呢？」

「妮妮，你真的覺得自己辦得到嗎？我們連這裡是怎樣的地方，有著什麼東西都不知道！」

「不試試看怎麼知道辦不辦得到呢！」

「說得對。魔法之書就是這樣才會選擇你啊！」

「哈哈哈！原來如此。」

「別擔心，魔法之書會幫助你們找到黃金書籤。」

雖然佳妮看似同意的點點頭，其實她正在找機會逃跑。

「過來這邊。」

托米把佳妮和妮妮帶到陽臺，接著從遠方飛來一臺長得像蛋糕的幽浮，上面像是草莓的蓋子自動掀了開來，裡面有兩張椅子和一個小小的控制臺。

「只要搭乘它，你們就能到任何地方……」

托米認真的介紹蛋糕幽浮，當佳妮聽到「能到任何地方」這句話後，她的眼睛就閃閃發亮。

佳妮偷偷戳了妮妮的腰，在她耳邊悄悄的說：「我們搭乘那個回家吧！我數到 3 就一起跳上去！」

托米沒注意到佳妮和妮妮的計劃，正準備向兩人說明這臺幽浮的操作方法。

「1、2……3！」

佳妮和妮妮迅速跳進蛋糕幽浮，接著用手關上草莓蓋子。

「啟動按鈕在哪裡？」佳妮焦急的說。

「紅色的按鈕！電影裡的紅色按鈕都很重要！」

於是妮妮按下控制臺上的紅色按鈕，甚至連旁邊的按鈕都一個個按了。

佳妮慌張的想阻止妮妮。「你怎麼全部都按了？」

「先試試看再說吧！」

不知道是不是多虧妮妮的行動力，蛋糕幽浮成功升到空中了。

要怎麼設定目的地呀？

不知道。應該要聽完操作方法再出發。

「我還沒告訴你們操作方法啊！」

雖然托米在地面上緊張的大喊，想阻止佳妮和妮妮，但是兩人完全不理會他，蛋糕幽浮咻的一聲飛出去了。

蛋糕幽浮先往上竄，又往下急墜，一會兒往左，一會兒又往右，讓待在裡面的佳妮和妮妮越來越驚慌。

「姐姐，我們真的可以用它回到家嗎？」

「不知道，我也是第一次搭。」

「姐姐，我的頭好暈喔！」

「再忍耐一下。」

突然間，草莓蓋子打開了，蛋糕幽浮因重心不穩而翻覆，佳妮和妮妮也像炸開的爆米花，被幽浮拋飛出去。

第3章

無止盡的墜落

哇啊啊！

　　佳妮和妮妮的心臟像要爆開一樣，即使是世界上最刺激的遊樂器材，也無法和這樣一直往下掉相比。

　　「救命啊！我以後會乖乖聽爸爸、媽媽和姐姐的話，也不會再亂發脾氣了！」

42

妮ㄋㄧˊ妮ㄋㄧˊ邊ㄅㄧㄢ尖ㄐㄧㄢ叫ㄐㄧㄠˋ邊ㄅㄧㄢ祈ㄑㄧˊ禱ㄉㄠˇ著ㄓㄜ。

「我ㄨㄛˇ要ㄧㄠˋ死ㄙˇ掉ㄉㄧㄠˋ了ㄌㄜ嗎ㄇㄚ？我ㄨㄛˇ還ㄏㄞˊ有ㄧㄡˇ很ㄏㄣˇ多ㄉㄨㄛ事ㄕˋ沒ㄇㄟˊ做ㄗㄨㄛˋ啊ㄚ！」

佳ㄐㄧㄚ妮ㄋㄧˊ的ㄉㄜ淚ㄌㄟˋ水ㄕㄨㄟˇ在ㄗㄞˋ眼ㄧㄢˇ眶ㄎㄨㄤ裡ㄌㄧˇ打ㄉㄚˇ轉ㄓㄨㄢˇ。

突ㄊㄨ然ㄖㄢˊ間ㄐㄧㄢ，她ㄊㄚ們ㄇㄣˊ聽ㄊㄧㄥ到ㄉㄠˋ身ㄕㄣ旁ㄆㄤˊ傳ㄔㄨㄢˊ來ㄌㄞˊ許ㄒㄩˇ多ㄉㄨㄛ聲ㄕㄥ音ㄧㄣ。

哇啊啊！

呱呱！

原來佳妮和妮妮掉進一一群正在飛行的鳥群中。

小心左邊呱！

是右邊才對呱！

不對，是上面呱！

「小心！」

「快讓開！」

佳妮和妮妮朝著鳥兒們大喊，擔心自己傷到牠們。

幸好鳥兒們都是飛行的專家，平安無事的避開了佳妮和妮妮。

天空中怎麼會有人類呀？

原來人類已經會飛了呀！

她們明明是在往下掉呀！

鳥兒們重整隊形，繼續飛行，佳妮和妮妮也繼續往下掉。

都是你們害的！

發生更大的麻煩了！狩獵中的老鷹被掉下來的佳妮和妮妮嚇了一跳，追丟了地面上的兔子，於是氣呼呼的老鷹用超快的速度飛向兩人。

「老鷹衝過來了！」

看到老鷹飛向她們，嚇破膽的佳妮大喊著。

「牠是不是要把我們抓去吃？」

妮妮也嚇得驚聲尖叫。

從高空往下墜落已經十分令人害怕了，現在竟然連天空戰神老鷹都追來了，讓佳妮和妮妮嚇得不斷呼救。

　　「救命啊！」

　　「快來人救救我們！」

　　兩人的慘叫聲幾乎劃破天空，這時候，有個不明物體以極快的速度接近佳妮和妮妮。

你們在做什麼？

　　一個全身都穿著綠色衣服的男孩來到佳妮和妮妮身旁。

　　「還不夠明顯嗎？我們正在往下掉啊！」佳妮大聲喊道。

　　「我還以為你們在玩呢！」

　　男孩明知道佳妮和妮妮遇到了大麻煩，卻還裝作不知情開著玩笑。

　　「往下掉的感覺很有趣吧？」

　　「一點都不有趣！我以後再也不搭乘會往下掉的遊樂器材了！」

佳妮聲嘶力竭的哭喊著，妮妮也在旁邊拼命的點頭。

　　男孩往下看了一會兒，發現她們離地面還有點距離。

　　「這種機會可不多，再『享受』一下往下掉的感覺吧！」

　　但是佳妮和妮妮完全沒有「享受」的時間，因為追上來的老鷹就快咬到她們的腳尖了。

男孩打量眼前那隻老鷹，然後恍然大悟的說：「牠是今天早上撞到我的老鷹！天空那麼大，牠竟然還從後面撞上我，肯定是故意的！」

男孩摩拳擦掌，決定好好教訓一下那隻老鷹。

「在夢幻島上，我就是隊長！所有人都要聽我的話，無論是誰都不能擋在我前面！」

男孩飛向老鷹，接著一把抓住牠的尾巴，力氣之大，讓老鷹的羽毛掉了幾根。

因為錯過獵物餓著肚子的老鷹，這會兒連羽毛都被拔掉幾根，牠非常生氣，於是用大又有力的喙啄向男

孩。沒想到，男孩不但成功躲開，還連帶扯痛了自己的尾巴，讓老鷹氣得快從嘴巴裡噴出火來。

老鷹左飛右飛，企圖甩開男孩，卻始終徒勞無功。

「老鷹，你今天早上是不是故意來撞我？」

老鷹沒有回答男孩的問題，反而不斷揮動尖銳的爪子。

「看來你不打算道歉，我只好讓你反省一下了。」

男孩抓住老鷹的尾巴並在頭頂轉起圈子，老鷹頓時頭昏眼花。之後，男孩用力的把老鷹丟出去，老鷹便以很快的速度掉進海裡。

依舊在往下墜落的妮妮懼怕得大哭了起來，男孩聽到哭聲，趕緊朝兩人撒精靈粉。

「嗚嗚嗚！」

「啊啊啊！」

佳妮和妮妮以為她們還在往下掉，絲毫沒注意到自己正浮在空中。

「好吵，不要再哭了！」

男孩在一旁摀著耳朵說。

「你真的好無情！」

妮妮指責男孩的瞬間，身體骨碌的在空中轉了一圈，變成站著的姿勢，這時候她才發現自己正浮在空中。

「怎麼回事？」

佳妮看到妮妮的樣子，也掙扎著在空中站起來。

「我們正在空中飛嗎？」

「對，如果你想要，也可以一翻筋斗喔！」

男孩翻了個筋斗後，笑著回答佳妮的問題。

「你到底是誰？」

「你是怎麼辦到的？」

佳妮和妮妮仔細看著眼前這位從頭到腳都穿著綠色的衣服，能在天空飛的男孩……

彼得潘！

佳妮和妮妮異口同聲的大喊。

「沒錯，我就是彼得潘。我不但救了你們，還讓你們飛起來，我很厲害吧！」

彼得潘得意的笑著，露出潔白的牙齒。

「你們叫什麼名字？」

「我叫做佳妮，她是我的妹妹妮妮。」

「真是可愛的名字，而且好記又好念。」

「彼得潘，謝謝你，你是我們的救命恩人。我可以拍一張你的照片嗎？我想拿去和朋友炫耀，他們一定不相信我遇見了彼得潘！」

妮妮打開包包想找手機，佳妮見狀擔心得說：「之後再拍吧！在這麼高的地方，萬一手機掉下去就糟了。」

雖然不知道「拍照」和「手機」是什麼東西，但是看著妮妮感謝和崇拜自己的樣子，讓彼得潘更得意洋洋了，忍不住想多聽一點佳妮和妮妮的讚美。

「歡迎來到夢幻島，我帶你們去參觀吧！」

佳妮和妮妮跟在彼得潘身後，好奇的從空中往下看，發現翡翠色的大海中央有一座擁有茂盛樹林的綠色島嶼，以及潔白的沙灘。

佳у妮ふ被を夢ぶ幻な島で上を五×顏を六を色を的を花な朵を
吸て引を住を了を目を光を。

　　「妮ふ妮ふ，那を裡か有を好を多を漂を亮を的を花な，
還を有を很を多を蝴を蝶を成を群を飛を舞×呢を！」

　　眼を前を的を夢ぶ幻な島で，比を佳у妮ふ和を妮ふ妮ふ在を
書を上を看を到を的を更を美で麗を。

「你們要不要在這裡生活呢？夢幻島歡迎所有小孩喔！」

「如果在這裡生活，就不用讀書和考試了吧？」

「沒錯，你可以做自己想做的事，因為永遠都是小孩呀！」

「但是我會想念爸爸和媽媽。」

「我倒是想快點變成大人。」

「為什麼？當小孩不是很好嗎？」

「小孩有很多事都不能做啊！」

「沒這回事。在夢幻島上，即使是小孩，也能做所有想做的事。」

「而且這裡沒有網路。」

「網路是什麼？」

「人們可以從網路上看到和學到很多東西……」

「等等，那是什麼？」

妮妮指著出現在夢幻島北方的一團黑煙，碰到那團黑煙的鳥都像失去力氣似的，接二連三掉落地面。而且明明沒有火焰，黑煙周圍的樹木卻慢慢變得焦黑。

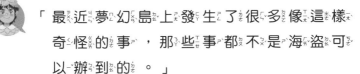

「最近夢幻島上發生了很多像這樣奇怪的事，那些事都不是海盜可以辦到的。」

「我聽說范特西爾最近因為黑魔法師而陷入危險……」

佳妮想起托米說過的話，但是她的話還沒說完，就有個東西逐漸靠近三人。

炮彈朝他們飛過來了。

「只要抓到彼得潘，就能得到船長的獎賞！」

原來是海盜們發現了彼得潘的蹤跡，於是發射大炮。

「快躲開！」

彼得潘來不及阻止海盜，幸好炮彈驚險的從佳妮和妮妮的中間穿過。

彼得潘剛鬆了一口氣，大炮就像流星般不斷朝他們飛來。

由於是第一次看到大炮，不知所措的佳妮和妮妮僵在原地，彼得潘只好抓著她們一會兒飛東一會兒飛西，四處躲避。

瞄準彼得潘！

「佳妮、妮妮，你們聽得見嗎？」

　　佳妮和妮妮好不容易才回過神來，彼得潘趕緊把兩人送到安全的海岸邊。

「看好囉！我要大展身手了！」

　　彼得潘眨了眨眼，接著以極快的速度飛向海盜船。

　　甲板上的海盜們正拿著武器，警戒著不知道會從哪裡出現的彼得潘。彼得潘見狀，偷偷飛到兩個背靠背的海盜身旁，打了其中一個人的頭就跑了。

「你為什麼打我？」

　　被彼得潘打了的海盜，氣憤的打了和他背靠背的另一個海盜。對方因為被打得莫名其妙，於是回敬了一拳，最後兩人就打起架來。

「你們別打了！我們應該趁這個機會，想辦法抓住彼得潘啊！」

　　趁沒人注意到他的時候，彼得潘把石頭放進炮筒裡，然後站在大炮前吹起口哨。

「那你們要怎麼抓住我呢？」

　　發現彼得潘就站在大炮前，生氣的海盜們發射了大炮，但是炮彈被石頭堵住，在炮筒內就爆炸了。

　　炮臺和甲板被炸得七零八落，海盜們的臉則被爆炸的煙燻得黑漆漆的。彼得潘忍不住捧腹大笑，之後以灰濛濛的煙霧為掩護，成功逃了出來。

「姐姐，你有看到海盜們的表情嗎？超好笑的！」

「妮妮，你知道這裡很危險嗎？」

「沒錯，這裡真的是很危險又很有趣的地方，每天都可以像這樣冒險喔！」

「真開心！」

「彼得潘，你能把孩子們帶到夢幻島，也能送他們回去，對吧？你可以送我們回家嗎？」

「真正的冒險都還沒開始，你們就要走了嗎？」

「我們是忽然來到這裡，下次等我
們做好準備再來玩。」

　　佳妮的話讓妮妮嘟著嘴巴，有點
心不甘情不願，但是她也想回家，所
以沒有反駁姐姐。

「你們竟然要錯過這種能盡情玩樂
的機會，真是不可思議！」

　　　　　　「還是你可以幫我們找黃
　　　　　　金書籤？找到它，我們
　　　　　　就能回家了。」

　　聽完佳妮的話，彼得潘從包包裡
拿出某個東西。

「你是說這個嗎？」

「黃金書籤！原來在你身上啊！」

精雕細琢的黃金書籤在彼得潘手中，閃爍著耀眼的光芒。

「我們可以回家囉！」

「彼得潘，謝謝你，把它給我們吧！」

「我沒說要給你們。」

原本歡欣鼓舞的佳妮和妮妮頓時瞠目結舌。

「為什麼不給我們？」

「有了黃金書籤，才能拯救范特西爾啊！」

「如果你們能從我的手中搶走它，那就讓你們帶走。」

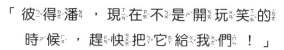「彼得潘，現在不是開玩笑的時候，趕快把它給我們！」

「你講話好像大人，真是無趣！我討厭無趣的事！」

彼得潘不滿的把玩著黃金書籤，不斷把它往上拋再接住。

佳妮和妮妮對看了一眼，就同時飛向彼得潘，想拿走他手中的黃金書籤。面對兩人突如其來的襲擊，彼得潘雖然勉強躲過了，但手上的黃金書籤也因此掉進樹林裡。

「糟了！」

　　雖然佳妮和妮妮大叫著想追上去，但是已經看不到黃金書籤的蹤影。

「彼得潘，你真的很壞耶！」

「你為什麼不乖乖給我們呢？有不有趣有這麼重要嗎？」

「對我來說，有不有趣是世界上最重要的事。」

「唉！你快去把黃金書籤找回來啦！」

「不要命令我！」

「那我拜託你，你就會去找嗎？」

「我才不找呢！如果是冒險我還會考慮，但是找東西好無趣，我才不做呢！」

妮妮伸出自己寫滿黑色文字的手掌給彼得潘看。

「彼得潘，拜託你幫幫忙，如果不把黃金書籤找回來，我的手就會一直這樣。」

「手變黑又不會怎樣。我想經歷更刺激的冒險，就像和海盜戰鬥一樣。」

「如果不能回家，我們的爸爸和媽媽會很擔心。」

「大人的記性很差，他們很快就會忘記你們。」

「唉！你真是不講道理！」

「你這個小孩怎麼那麼自私？你只想到自己！」

「自私又怎樣，當個小孩是最棒的，你們也是小孩啊！」

「但是有一天我會變成大人，不會再是小孩。」

「哼！我永遠都是小孩，不會變成大人。」

「原來你不但自私，還很任性！」

「小孩變成大人是理所當然的事，
　誰都無法阻止。」

　　「『理所當然』是大人才會找
　　　的藉口，變成只會找藉口的
　　　　大人有什麼好的？」

「變成大人就會有很多能做的事情
　啊！」

　　「小孩也有很多能做的事情啊！
　　　而且我只想永遠過著開心、
　　　　　有趣的日子。」

「難道你沒有夢想嗎？」

　　「我不需要夢想，現在
　　　這樣就很好！」

　　彼得潘越說越生氣，咻的一聲就飛走了。留在原地的佳妮和妮妮也被彼得潘氣得快說不出話來。

　　「真是個麻煩的小孩！」

咻！

68

就ᵁ在ʔ這ᵗ時ᵗ，一ʸ支ᵗ箭ʸ朝ᵗ佳ʸ妮ʸ和ʸ妮ʸ妮ʸ
飛ʸ了ᵗ過ᵗ來ᵗ。

第5章

躲不掉的箭

　　佳妮和妮妮牽著手，東飛西飛的躲避像雨滴一樣不斷飛來的箭。

　　這時候，有一支箭飛向佳妮。

　　「姐姐，小心！」

　　妮妮把佳妮拉向自己以躲避箭的攻擊，兩人也因此失去重心，從空中快速掉落。

幸好地面上有巨大的樹葉接住佳妮和妮妮，兩人活用以前玩彈跳床的經驗，迅速調整好自己的姿勢，安全著陸了。

「嚇了我一跳！姐姐，你有看到那支箭嗎？它真的……」

佳妮忽然用手摀住妮妮的嘴巴，因為——

咻！

又有箭朝兩人飛來了。

「妮妮，小心！」

佳妮把妮妮推開，自己則幫她擋了一箭。

「姐姐，你沒事吧？」

佳妮倒在地上，沒有任何回應。慌張的妮妮拿出手機撥打119，但是電話依然撥不通。

「怎麼辦？如果姐姐死掉……」

妮妮淚流滿面，然後像想起什麼似的，迅速拿出魔法之書。

「不管是什麼都可以，拜託你，趕快救救我姐姐！」

儘管妮妮大喊著並拼命搖動書本，希望能像剛剛一樣掉出可以拯救佳妮的文字，但是魔法之書卻沒有任何反應。

就在這個時候——

啪嚓！

妮妮從樹叢的縫隙間看到黑影和褐色的毛。

「是熊嗎？」

可怕的想像讓妮妮毛骨悚然。

「我不想被熊吃掉，可是我也不能丟下姐姐，自己逃跑！」

妮妮的身體不斷顫抖。

而ㄦ在ㄗㄞˋ這ㄓㄜˋ片ㄆㄧㄢˋ樹ㄕㄨˋ林ㄌㄧㄣˊ的ㄉㄜ˙另ㄌㄧㄥˋ一ㄧˋ邊ㄅㄧㄢ，有ㄧㄡˇ一ㄧˋ群ㄑㄩㄣˊ海ㄏㄞˇ盜ㄉㄠˋ手ㄕㄡˇ上ㄕㄤˋ拿ㄋㄚˊ著ㄓㄜ˙武ㄨˇ器ㄑㄧˋ，像ㄒㄧㄤˋ是ㄕˋ在ㄗㄞˋ找ㄓㄠˇ什ㄕㄣˊ麼ㄇㄜ˙東ㄉㄨㄥ西ㄒㄧ。

　這ㄓㄜˋ群ㄑㄩㄣˊ海ㄏㄞˇ盜ㄉㄠˋ的ㄉㄜ˙首ㄕㄡˇ領ㄌㄧㄥˇ就ㄐㄧㄡˋ是ㄕˋ——

虎克船長！

虎克船長今天又為了向彼得潘報仇，在夢幻島上四處尋找他的身影。

「船長，我們找到一個亮晶晶的東西。」

「是不是精靈的寶物？」

「看起來很值錢！」

海盜們把那個東西拿給虎克船長，虎克船長隨即認出它的真面目。

「傻瓜，這是黃金書籤。」

「船長果然無所不知，真是博學多聞。」

被手下吹捧而心情極好的虎克船長笑著說：「這是個好兆頭，看來今天可以抓到彼得潘！」

海盜們見狀，也討好的跟著虎克船長一起笑。

「然後我就能成為這座夢幻島的主人了！」

虎克船長用低沉的聲音說著，然後轉身催促海盜們。

「快點找出那些小鬼的家！」

妮妮緊張的盯著傳出聲音的樹叢，接著看到一群戴著動物造型帽子的男孩走出來。原來發出聲音的是這些男孩，他們誤以為佳妮和妮妮是海盜而發射弓箭。

跑去哪裡了？
剛剛明明在
這裡。

我的箭幾乎都
射中了。

喬金斯，
你的箭明明
都射歪了。

我有射中啦！
要抓到海盜，我們才能
得到彼得潘的稱讚啊！

海納特

別吵了，
快把海盜找出來！

雙胞胎

射中海盜的
一定是我們。

聽到男孩們對話的妮妮想著：他們是和彼得潘一起生活的男孩們吧！

如果逃走或保持沉默，恐怕又會被他們誤會，於是妮妮深吸一口氣。

「不要再攻擊了，我們不是海盜。」

男孩們撥開樹叢，走近佳妮和妮妮，好奇的看著她們。

「她們是女生嗎？頭髮好長喔！」

「不是啦！女生怎麼會穿褲子？」

「我們記得女生都是穿裙子。」

「但是我覺得她們和我們很不一樣。」

「她們到底是什麼？」

男孩們的話讓妮妮勃然大怒。

「我們就是女生啦！男生或女生才
不是靠頭髮和衣服來分辨，難道
你們是第一次看到穿褲子的女生
嗎？」

「對，不過我們沒看
過幾次女生。」

「我記得媽媽總是穿裙子，所以才
覺得女生都是穿裙子。」

「可是我媽媽比較常穿褲子啊！」

妮妮的話讓男孩們睜大了雙眼。
雖然媽媽穿褲子這件事也讓他們很驚
訝，但是他們更羨慕妮妮有媽媽。

「真羨慕你有媽媽。」

「如果我也有媽媽就好了。」

「拜託你當我們的媽媽吧！」

男孩們來到夢幻島後，一直被彼
得潘禁止討論爸爸、媽媽的事，所以
現在討論得特別熱烈。

「媽媽不是重點，重點是我姐姐中箭了！」

妮妮打斷了男孩們的談話。看到不斷落淚的妮妮，男孩們都覺得於心不忍。

「我們來幫你吧！」

「但是男生可以碰女生嗎？」

「不行，不能未經允許就隨意碰別人的身體。」

「那是不是要找醫生來？」

「真是的，到底是誰射的箭啊！」

剛剛還搶著說是自己射的箭，現在男孩們卻都說不是自己射的箭。

「你們都安靜，我真的很擔心我姐姐啦！」

男孩們低頭道歉，並合力讓佳妮躺在泥土比較鬆軟的地方。妮妮則在一旁仔細觀察佳妮的傷勢，擔心箭會不會插得很深，會不會讓佳妮死掉。

姐姐……

　　妮妮小心翼翼攤開佳妮的手，想藉由握住她的手，把力量傳給姐姐。

　　「咦？托米！」

　　一攤開佳妮的手，托米就忽然跳了出來。看來是托米及時出現，幫佳妮擋下了這一箭。

　　「真是千鈞一髮啊！」

　　托米一邊丟掉箭，一邊說著。

　　「托米，謝謝你救了姐姐。」

　　「不客氣，范特西爾還要靠你們這兩位英雄來拯救。對了，你們為什

麼不聽完我的說明再離開？假如我來晚一步該怎麼辦？」

這時候，因為驚嚇過度和體力耗盡而暫時昏迷的佳妮終於醒來了。

「這裡是哪裡？我還活著嗎？」

「姐姐，太好了！托米救了姐姐你喔！」

妮妮淚眼汪汪的說著。姐妹倆緊緊抱著彼此，在陌生的世界裡，她們更感受到對方的重要性。

「托米，謝謝你，還有剛剛的事我很抱歉。」

佳妮真心的對托米說。

沒關係，我要回去了，我不能離開「波普斯」太久。如果你們找到黃金書籤，只要放進魔法之書裡就可以妥善保管了。

佳妮和妮妮對騙了托米這件事感到很愧疚，燃起了「就算是為了報恩，也要把黃金書籤找出來」的想法。

　　「風好冷，一直待在這裡說不定會感冒。」

　　海納特一開口，其他男孩便你一言、我一語的討論起來。

　　「我們來蓋房子吧！待在房子裡就不會感冒了。」

　　「但是房子要用什麼蓋呢？」

　　妮妮一邊吞口水，一邊開口。

　　「你們蓋糖果屋吧！用脆脆的馬卡龍和巧克力棒做成牆壁，屋頂放上塗了滿滿奶油的舒芙蕾，玻璃窗就用酸酸甜甜的檸檬糖來做，沙發則是上面有著香草冰淇淋的巧克力蛋糕！」

妮ニ妮ニ的ㄉㄜ話ㄏㄨㄚˋ讓ㄖㄤˋ男ㄋㄢˊ孩ㄏㄞˊ們ㄇㄣ˙很ㄏㄣˇ為ㄨㄟˊ難ㄋㄢˊ。

「馬ㄇㄚˇ卡ㄎㄚˇ龍ㄌㄨㄥˊ和ㄏㄜˊ舒ㄕㄨ芙ㄈㄨˊ蕾ㄌㄟˇ是ㄕˋ什ㄕㄣˊ麼ㄇㄜ˙？」

妮ニ妮ニ不ㄅㄨˋ知ㄓ道ㄉㄠˋ該ㄍㄞ怎ㄗㄣˇ麼ㄇㄜ˙解ㄐㄧㄝˇ釋ㄕˋ，決ㄐㄩㄝˊ定ㄉㄧㄥˋ拿ㄋㄚˊ出ㄔㄨ魔ㄇㄛˊ法ㄈㄚˇ之ㄓ書ㄕㄨ碰ㄆㄥˋ碰ㄆㄥˋ運ㄩㄣˋ氣ㄑㄧˋ，沒ㄇㄟˊ想ㄒㄧㄤˇ到ㄉㄠˋ書ㄕㄨ裡ㄌㄧˇ真ㄓㄣ的ㄉㄜ˙掉ㄉㄧㄠˋ出ㄔㄨ了ㄌㄜ˙許ㄒㄩˇ多ㄉㄨㄛ美ㄇㄟˇ味ㄨㄟˋ的ㄉㄜ˙甜ㄊㄧㄢˊ點ㄉㄧㄢˇ。

男孩們用這些甜點蓋出了糖果屋，還在窗框上裝了緩緩流下的巧克力窗簾，底下則種了滿滿的莓果。

　　香甜的味道讓妮妮和男孩們口水直流，但是他們都忍著不伸手去碰，而是開心的走進糖果屋裡左看右看。

　　雖然佳妮也很喜歡這間糖果屋，但是她很快就意識到現在不是做這件事的時候。

你們可以和我們一起去找黃金書籤嗎？
它應該就掉在這附近。

　　男孩們聚在一起，交頭接耳討論後，派出了喬金斯和艾斯提當發言人。

我們可以幫你們找黃金書籤，
但是你們要答應我們的請求。

請當我們的媽媽。

84

相較於立刻點頭答應的妮妮，佳妮露出了為難的表情。

媽媽不是想當就能當的。

好啊！我好久沒玩家家酒了。
我來當媽媽，那誰要當爸爸？
海納特，你來當爸爸吧！

爸爸要怎麼當？

只要聽我的指揮就可以了。

海納特點點頭，其他男孩則馬上跑到妮妮和海納特的面前坐下。

「爸爸、媽媽，我們想聽故事，講故事給我們聽。」

被剛剛還玩在一起的夥伴叫爸爸，海納特有點不知所措。

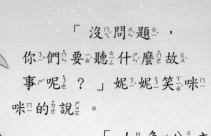

「沒問題，你們要聽什麼故事呢？」妮妮笑咪咪的說。

「人魚公主最後有和王子結婚嗎？」

「彼得潘講過這個故事，不過只講到人魚公主長出腳的地方。」

不知道從什麼時候開始，海納特也加入男孩們的行列，坐在妮妮面前專心的聽故事。

人魚公主
後來……

聽完人魚公主的故事後，男孩們都因為

悲傷的結局而哭了。妮妮看到他們的樣子覺得很心疼，於是講了剛到達范特西爾時遇到人魚的事給他們聽。

心情變好的男孩們又為了夢幻島附近有沒有人魚而爭吵。

妮妮把從魔法之書拿出的幾套寢具鋪好，同時喃喃自語：要照顧這麼多孩子還真累啊！

一直待在旁邊看著一切的佳妮雖然覺得這樣的妮妮很好笑，但是看到她認真的表情還是拼命忍住笑。

但是家裡的和平轉眼間就結束了，因為妮妮和海納特吵架了。

孩子這麼多，
我一個人照顧太累了，
你要和我一起照顧啊！

照顧孩子是媽媽的責任，
怎麼會叫爸爸照顧呢？

你那是什麼話！
夫妻當然要一起照顧
這個家！

我不要！我賺錢這
麼辛苦，你還要幫我
脫外套和襪子才對！

外套自己脫不就
好了？而且襪子會
有腳臭味耶！

你對辛苦工作了一整天，
終於回到家的丈夫說的
是什麼話！

我也工作了一整天，
YouTube的影片要拍攝還
要剪輯，你知道有多累嗎？

YouTube是什麼？
拍攝和剪輯又是什麼？
女生怎麼能工作！

女生當然可以工作！
而且我有很多事都能做得
比班上的男生更好！

妮妮和海納特的爭執越演越烈，連佳妮和其他男孩也攪和進來了。

「男生和女生都可以工作啊！」

　　「為什麼你們搶著要工作呢？」

「雖然工作很辛苦，可是也很有趣，我們的 YouTube 頻道有很多粉絲喔！」

　　「可是家裡負責賺錢的是爸爸呀！」

「誰來賺錢有分別嗎？誰來照顧家裡又有什麼不同？是怎樣的媽媽和爸爸才重要吧！」

　　「我覺得媽媽只要會講故事就好。」

「我覺得媽媽只要會煮菜就好。」

　　「我們覺得媽媽只要會唱歌就好。」

「你們說的這些事，不只是媽媽，每個人都可以做到啊！」

　　聽了妮妮的話，男孩們紛紛陷入沉思。

彼得潘會講故事給男孩們聽，休曼格斯烤的鬆餅很好吃，喬金斯則是很會唱搖籃曲。

「這麼說來，我們希望媽媽做的事，自己也能做到啊！」

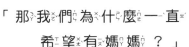
「那我們為什麼一直希望有媽媽？」

「因為我們不知道有媽媽是怎樣的感覺。」

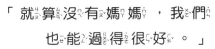
「就算沒有媽媽，我們也能過得很好。」

「可是如果有媽媽，我們應該能過得更幸福。」

「沒錯，所以你們要乖乖聽媽媽的話。」

妮妮把男孩們一一一哄到床上，再幫他們蓋上棉被。

「好了，趕快睡覺吧！」

「我不想睡覺，媽媽，再講一個故事啦！」

「唱搖籃曲給我聽！」

「我們想喝熱牛奶！」

因為有了媽媽而非常興奮的男孩們一一提出自己的願望，但是男孩們一直纏著妮妮，讓她的表情越來越難看。

「你們都給我安靜點！從現在開始，誰講話就會被我處罰！」

男孩們嚇了一跳，趕緊閉上嘴巴，只有淘氣鬼休曼格斯還在模仿生氣的妮妮，結果不小心打翻了裝著牛奶的杯子。

不要鬧了！

妮妮有如火山爆發大聲喊叫，一時間，男孩們全都嚇呆了。

「老婆，你對孩子們會不會太凶了？」

站在旁邊的海納特結巴的說著。

「老公，你應該站在我這邊，和我一起教孩子才對吧！」

妮妮生氣的回話，氣勢洶洶的模樣，成功堵住了海納特的嘴。

「媽媽真的好累，你們趕快睡覺，再吵就把你們都趕到外面去！」

男孩們因為害怕妮妮而鑽進棉被裡，佳妮則因妮妮和男孩們的樣子忍不住笑了出來。

佳妮輕拍妮妮的肩膀。

「妮妮媽媽，你還好嗎？」

不好！我以為當媽媽很簡單，
沒想到比想像中難多了。

　　原本在棉被裡竊竊私語的男孩們，忽然同時把頭伸出棉被。

「妮妮，我們有話要說。」

忍耐已久的男孩們開始數落妮妮。

「我們不要像你這樣愛生氣的媽媽。」

「我們心目中的媽媽不是像你這樣的。」

「你不要再當我們的媽媽了。」

「你這個媽媽根本不愛我們。」

男孩們的話讓妮妮委屈的哭了。

媽媽只有一個人，卻有那麼多事要做，
真的很累。當媽媽真的好難，
你們也當當看就知道了。

妮妮一哭，男孩們立刻手足無措，連忙想著要怎麼安慰她。

　　這時候，某處傳來奇怪的聲音。

　　「你們有聽到嗎？」

　　每個人都東張西望尋找聲音的來源，原來是從艾斯提床下傳來的。

吱吱！

　　「是小鳥寶寶！」

　　「不要摸！」

　　艾斯提大喊，同時把其他人趕到旁邊，小心翼翼的用手帕把小鳥寶寶包起來抱著。

　　「這隻小鳥寶寶是你養的嗎？」

　　「那艾斯提就是牠的媽媽囉！」

　　「艾斯提是男生，所以應該是爸爸吧！」

　　「爸爸也可以照顧寶寶嗎？」

　　男孩們又開始討論起爸爸和媽媽該做的事，佳妮趕緊出聲打斷他們的討論。

「小鳥寶寶有自己的爸爸和媽媽，
　　牠們一定正在找小鳥寶寶。」

「我本來想幫小鳥寶寶找家，可是
　　我只有一個人，所以沒去找。」

　　男孩們決定一起幫小鳥寶寶
找家後，他們發現小鳥寶寶的身體
不停發抖。

「小鳥寶寶好像在跳舞。」

　　　　「我們要和牠一起跳嗎？」

「牠是因為冷吧？我再拿幾條手帕
　　過來。」

　　　　「艾斯提，你真的好像媽媽。」

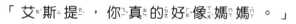「男生可以當媽媽嗎？」

　　　　「照顧寶寶又不是只有
　　　　　媽媽才能做。」

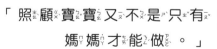「沒錯，不管是爸爸或媽媽，只要
　　用心就能照顧寶寶。」

　　　　這時候，小鳥寶寶流著淚，小聲
的說話了。

媽媽……

「我們快幫小鳥寶寶找到媽媽吧！」

聽了佳妮的話，男孩們紛紛點頭表示贊成。

「艾斯提，你是在哪裡發現小鳥寶寶的？」

「我是在西邊樹林發現牠的。」

「從這裡到西邊樹林要花上一整天的時間耶！」

妮妮拿出魔法之書並搖晃書身，沒多久，她們來到范特西爾時搭乘的雪橇就出現了。妮妮看了看，覺得這雪橇載不下這麼多人，於是又搖晃魔法之書，一輛多人騎乘的協力車呈現在大家眼前。

一行人搭著雪橇和協力車，沒一會兒就到達西邊樹林。小鳥寶寶發現自己到了家附近，高興的拼命拍動翅膀。

突然間，佳妮把手指靠到嘴脣上，示意大家安靜。

「噓！這是什麼聲音？」

滴答！滴答！

這個熟悉的聲音讓男孩們的腳步都停了下來。

　　「這是手錶的聲音吧？」

　　「是那隻吃了虎克船長手錶的鱷魚嗎？」

　　「牠也會把我們吃下肚嗎？」

　　就在這時候，一隻鱷魚從草叢間走了出來。

　　「哇啊啊！」

　　佳妮、妮妮和男孩們嚇得拔腿就跑，只有抱著小鳥寶寶的艾斯提待在原地不動。

　　鱷魚一直盯著艾斯提，然後慢慢靠近。

　　艾斯提的腳因為害怕而不斷發抖，不，他全身都在發抖。

看到鱷魚的小鳥寶寶卻忽然大喊：「媽媽！媽媽！」

鱷魚的眼淚瞬間滴滴答答的流下。

原來鱷魚和小鳥寶寶是母子，在場的每個人都驚訝的張大嘴巴！

媽媽找你
找了好久！

鱷魚和小鳥寶寶感情要好的模樣，讓佳妮、妮妮和男孩們的腦中都浮現了關於媽媽的記憶。媽媽講故事時的溫柔嗓音、被媽媽抱著時感受到的香氣和體溫，甚至是被媽媽責罵或處罰時的傷心回憶也一一一想起。

「媽媽……」

不知道是誰先哭出來的，但是其他人也跟著哭了出來。

彼得潘循著男孩們的哭聲找了過來。

「你們為什麼都在哭？是誰欺負你們了？」

男孩們知道彼得潘不喜歡聽到關於爸爸和媽媽的事，都低著頭不說話，只有不懂察言觀色的妮妮跳出來回答。

「我們是因為想媽媽才哭了。」

「唉！你們兩姐妹怎麼到哪兒都會惹出麻煩啊！」

「你幫我們找到黃金書籤，我們就
　會離開這裡啦！」

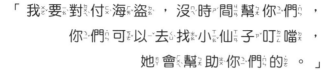「我要對付海盜，沒時間幫你們，
　　你們可以去找小仙子叮噹，
　　　她會幫助你們的。」

妮妮馬上擦乾眼淚，因為她在很
多書中都讀過精靈的故事，沒想到今
天有機會能看到真的精靈。

「姐姐，我記得小仙子叮噹討厭溫
　蒂，我們也是女生，她可能也會
　討厭我們，怎麼辦？」

　　　「放心，我想到方法了。」

佳妮笑嘻嘻的回答。

第7章 **精靈王國的派對**

　　佳妮和妮妮在男孩們的衣櫃裡挑選衣服，她們想穿上孩子們的衣服變裝成男生。

「男生和女生的衣服沒什麼不同啊！」

　　　「顏色、設計、剪裁……其實有很多不一樣。妹妹，你要學的還很多呢！」

「裝什麼厲害！這些我也知道，只是沒說出來而已。」

　　　「是、是。你找到喜歡的衣服了嗎？」

「找到了。其實姐姐也覺得我們經歷過的這些事很有趣，對不對？」

　　　「對……但如果不要這麼危險會更好。」

「我們都活下來啦！」

「但是爸爸和媽媽會擔心我們。」

「也對。我們趕快找到黃金書籤，然後回家吧！」

男孩們決定幫小鳥寶寶找媽媽這件事真是做對了，因為那個時候，海盜們正好發現了糖果屋。

　　「會用這些糖果和餅乾蓋房子的人，只有彼得潘和那些小鬼。」

　　海盜們你一言、我一語的時候，虎克船長似乎想起了什麼，眼神為之一亮。

　　「你們趕快在這間房子的周圍挖洞和陷阱。」

　　「船長，這個點子太棒了！在洞和網子上撒樹葉，那些小鬼就看不出來了。」

　　「先抓住那些小鬼，彼得潘就會來救他們，到時候我們再設下抓他的陷阱就可以了。」

　　虎克船長仰天大笑。

　　「今天果然是個好日子，彼得潘，你就要完蛋了。」

另一邊，男孩們帶著佳妮和妮妮前往精靈王國所在的森林。

「你們和精靈們一起去找黃金書籤吧！」

「我們要去和海盜戰鬥囉！」

送走男孩們之後，佳妮和妮妮想到能和精靈見面就很高興，卻又因為變裝成男生感到非常緊張。

「妮妮，小心不要露出頭髮。」

佳妮幫妮妮調整帽子，看到她的臉時，忽然覺得看起來強勢一點會更像男生，於是用筆在妮妮的臉上畫了幾道疤痕。

兩人往森林深處走，但是妮妮穿的軍靴不合腳，必須在腳尖施力慢慢的走才不會跌倒。

「姐姐，這雙鞋子太大了。」

「在鞋子裡放一些樹葉，應該會好走一點。」

佳妮把樹葉折一折，塞進妮妮的軍靴裡。

「如果襪子沾到樹葉的汁液，我會被媽媽罵吧？」妮妮擔心的說。

　　「這件事就等回到家再擔心吧！要先回到家才能被罵啊！」佳妮嘆了一口氣。

　　佳妮把長髮盤起來並藏到牛仔帽裡，腳上穿的是和帽子很搭的牛仔靴，但是她的靴子即使塞了樹葉也還是太大，雙腳不得已必須拖在地上行走，使她看起來就像吊兒郎當的不良少年。不只如此，佳妮還在自己的臉上畫了雀斑，數量多到會讓人以為她

的臉頰受傷了。

　　佳妮最後用圍巾把自己太像女生的白淨脖子遮住，再穿上尺寸不合的鬆垮外套。

　　「姐姐，精靈王國在哪裡呀？」

　　「不要再叫我姐姐了，從現在開始，你要叫我哥哥。」

　　鑽過一個布滿荊棘的樹叢後，佳妮和妮妮終於看到了閃閃發光的精靈王國。

大家好，我們的名字是佳妮和妮妮，
我們是來見小仙子叮噹的。

　　聽了佳妮的話，精靈們紛紛往兩邊散開，讓出一條路來。佳妮和妮妮順著路走下去，就看到小仙子叮噹笑著迎接她們。

　　和想像中的模樣不同，小仙子叮噹的身高和妮妮差不多。

　　小仙子叮噹笑著說：「只要現實世界裡多一個相信精靈存在的孩子，這裡就會誕生一個精靈。而且孩子們每叫一次精靈的名字，精靈就會長高，也能活得更久。」

　　小仙子叮噹牽起妮妮的手，帶她們來到一間小巧可愛的屋子裡。

　　「請坐。你們叫做佳妮和妮妮，對吧？真是可愛的名字。」

　　妮妮坐到觸感像果凍一樣Q彈的粉紅色椅子上，佳妮則坐在旁邊的天藍色椅子上，那把椅子坐起來就像雲朵一樣鬆軟。

我們很歡迎小孩，也歡迎昆蟲和動物們，但是不歡迎海盜。

　　小仙子叮噹坐到一把白色的椅子上，那把椅子不只看起來很柔軟，還會散發出有香甜味道的霧氣，讓小仙子叮噹看起來就像坐在一朵花裡。

　　佳妮立刻向小仙子叮噹說明她們來精靈王國的目的。

　　「我們正在找可以拯救范特西爾的黃金書籤，請問精靈們可以幫助我們嗎？」

「有誰看過黃金書籤嗎？」

小仙子叮噹提出問題後，空中隨即傳來數萬個此起彼落的鈴鐺聲，這應該是精靈們回答問題的聲音。

「不好意思，沒有精靈看過黃金書籤。」

佳妮失望的低下頭，小仙子叮噹立刻開口安慰她。

「別擔心，我們精靈王國有個『遺失物品追蹤隊』，他們很擅長尋找遺失的物品，我會請他們幫忙尋找黃金書籤。在等待的期間，我們一起喝杯茶吧！」

正四處參觀的妮妮聽到這句話，

就轉身看著佳妮興奮的大喊。

「姐……哥哥，太好了！」

看到佳妮和妮妮開心的表情，小仙子叮噹也很滿足。

「你們參加過精靈的派對嗎？」

「沒有，我連精靈都是第一次看到。」

「我在書上、電視上，甚至是夢裡，都看過很多次精靈，但我還是第一次和精靈一起喝茶呢！」

妮妮回到粉紅色椅子上，滿心期待。佳妮則擔心多待一會兒，就多一絲露出馬腳的可能性。

玻璃餐桌鋪上用蜘蛛絲織成的潔白桌布，接著擺上用露水做成的透明碟子，精靈和昆蟲們則幫佳妮和妮妮分裝甜點。

　　「哇！這些都可以吃嗎？」

　　妮妮吞了一大口口水。

　　「當然，精靈王國的甜點吃再多也不會蛀牙，你們盡情吃吧！」

　　當佳妮和妮妮拿起甜點時，小仙子叮噹舉起食指阻止她們。

　　「等一下，精靈王國的派對是有規矩的，絕對不能用手。」

　　我們要在這麼精緻的餐桌前，只用嘴巴吃嗎？太不像樣了！當佳妮正在煩惱的時候，妮妮已經低下頭靠近碟子上的馬卡龍，試著只用嘴巴吃了。

看到這景象的精靈們，紛紛發出噹啷、噹啷的輕笑聲。

「我的意思是，你們必須使用心電感應，只要心裡想著想吃的東西，精靈和昆蟲們就會幫你們拿來，你們只要張開嘴巴就可以吃了。」

聽完小仙子叮噹的說明後，佳妮和妮妮試了幾次。雖然精靈和昆蟲們確實能讀懂她們的心思，但是兩人還需要多一點練習。佳妮擔憂自己弄傷精靈和昆蟲們薄薄的翅膀，因此緩慢的開合著嘴巴，多虧如此，她反而能細嚼慢嚥。

妮妮則是覺得有趣，所以食物都沒有好好咀嚼就又張開嘴巴，讓精靈和昆蟲們都很猶豫要不要再把食物放進去她的嘴裡。

茶壺裡裝的是精靈蜂蜜茶，它會自己飛起來將茶倒進杯子再流到嘴巴裡。妮妮把頭轉向右邊，茶就跟著往右邊，頭往左邊轉，茶也跟著轉向。

　　佳妮忍不住想：茶壺不會掉下來嗎？萬一茶淋到衣服上，變裝會不會被發現？

　　想東想西的佳妮開始和精靈及昆蟲們對不上拍子，嘴巴沒有及時打開，導致餅乾屑沾到臉上。每當佳妮抹掉一次餅乾屑，畫上去的雀斑就被她擦掉一點。

　　妮妮一口吃下抹了滿滿果醬的舒芙蕾，隨即睜大了眼睛，在食物全部吞下去之前就開口說話。

　　「哥哥，你吃吃看這個，真的很好吃！」

　　妮妮嘴裡的果醬全都噴到了佳妮的臉上。

　　「把食物吞下去再說話啦！」

　　佳妮擦了擦臉，這時候雀斑幾乎都被擦掉了。發現這件事的妮妮大吃

114

一驚，怕嘴巴裡的食物又噴出來，於是比手畫腳想提醒佳妮，卻不小心撞上了飛到她面前的蜜蜂，讓餅乾掉到地上。

妮妮非常慌張，急著把餅乾撿起來，卻不小心拉到桌布，馬卡龍塔因此倒了，蛋糕也骨碌碌的滾下來，最後她被滿滿的甜點埋住了。

「妮妮！」

佳妮猛然從椅子上站起來，不小心撞到了浮在空中的茶杯，雖然她成功接住掉下來的杯子，但是帽子卻因此掉到地上，藏在裡面的頭髮也全部滑了出來。

好不容易才從甜點堆裡爬出來的妮妮，看到佳妮的樣子也嚇了一跳。

「姐姐！」

天啊！

知道自己闖了大禍的佳妮和妮妮臉色發青。

　　佳妮和妮妮像冰塊一樣凍結在原地，原本在餐桌上忙東忙西的昆蟲們也停下了動作，精靈們沒有發出任何聲音，只是身上一閃一閃的發光。

　　「你們怎麼了？」

　　面對小仙子叮噹的提問，妮妮絞盡腦汁想著該怎麼蒙混過去，佳妮卻決定誠實回答。

　　「我們在書上讀過，小仙子叮噹討厭溫蒂。因為我們是女生，憂心自己也會被討厭，所以變裝成男生，但是現在……」

　　妮妮點點頭附和，同時閉上眼睛，擔憂小仙子叮噹會對她們生氣。

　　「哈哈哈哈哈！」

　　小仙子叮噹大笑了起來。

「我從一開始就知道你們是女生，精靈不是只用雙眼看世界，我以為你們打扮成男生的模樣只是因為有趣。」

「你不討厭女生嗎？」

小仙子叮噹笑著回答佳妮的問題：「精靈喜歡所有小孩，不分男女。」

「但是在書裡，溫蒂被你欺負得很慘耶！」

小仙子叮噹的臉皺了起來。

「其實我和溫蒂的感情很好，所以我看完書後，也氣得跑到作者詹姆斯·馬修·巴里的夢裡找他。雖然他對我很抱歉，不過書都已經出版了，他也束手無策。」

「那彼得潘到底喜歡你還是溫蒂？」

妮妮好奇的問。

「你有看到那些花嗎？」

小仙子叮噹指向的地方，堆著裝滿玫瑰花的籃子。

「那是彼得潘送我的，儘管他每次都被我拒絕，但是你們也知道，彼得潘是個不屈不撓的人，即使被拒絕，他也不會氣餒，因此玫瑰花就越來越多了。」

聽到這麼勁爆的八卦，佳妮和妮妮都驚訝得合不攏嘴。

「也就是說，彼得潘喜歡的人是你？」

佳妮又問了一次。

「是的。彼得潘其實是個天真可愛的孩子，雖然平常愛開玩笑，可是認真時也很帥氣。不過精靈不能只喜歡一個小孩，所以……」

小仙子叮噹紅著臉回答。

「如果精靈可以只喜歡一個小孩，那你就會接受彼得潘的玫瑰花嗎？」

妮妮雙眼發亮的詢問。

「這……」

小仙子叮噹陷入沉思。

　　妮妮忽然擺出大人的樣子，阻止小仙子叮噹回答。

　　「沒關係，我明白了，命運捉弄人啊！」

　　聽到妮妮說的話，佳妮噗哧笑了出來，正要開口說話時——

咻！

　　無數的火弓箭朝著精靈王國射來，引發的火勢在各地不斷蔓延，接著遠處傳來虎克船長的高喊聲。

　　「我虎克船長抓到彼得潘了！接下來我就要消滅你們這些帶給小孩夢想和希望的精靈！」

「彼得潘被虎克船長抓住了？」

小仙子叮噹因為太過震驚，從椅子上站起來，遺失物品追蹤隊剛好也在這個時候回來，並且立刻敲響警告的鐘聲。

表情嚴肅的小仙子叮噹聽到鐘聲後，對佳妮和妮妮說：「黃金書籤被虎克船長拿走了，男孩們也被抓到海盜船上了。」

妮妮著急的說：「我們趕快去救他們！」

「怎麼辦？精靈王國很多地方都著火了，我必須留在這裡指揮救火，不能和你們一起去。」小仙子叮噹皺著眉說。

「沒問題，交給我們吧！」

佳妮和妮妮信心滿滿的回答。

第9章
登上海盜船

　　太陽在不知不覺間下山了，晚霞將虎克船長的海盜船染成像血液一樣的深紅色。

　　甲板上吵吵鬧鬧的，有些海盜手裡拿著酒瓶正朝向大海唱著不成調的歌曲，有些則是開心喝著酒、聊著天，還有已經醉得不省人事的海盜正在呼呼大睡。

　　趁著醉醺醺的海盜們不注意時，佳妮和妮妮在甲板上尋找彼得潘和男孩們的身影。

　　男孩們被綁在船中央的桅杆下方，彼得潘則是雙手被銬住後，被吊掛在甲板的正前方，負責看守他的海盜們正聚在一起玩骰子遊戲。

　　佳妮和妮妮討論之後，決定先救比較沒有海盜防守的男孩們。

有一個身穿黑色大衣、戴著又大又黑帽子的人從甲板的後方出現，並且慢慢靠近男孩們。

　　「咦？船長走路的樣子是不是有點奇怪？」

　　「是你喝得太醉，頭昏眼花了吧！」

　　「哈哈哈！可能是喔！」

　　喝醉的海盜們看著慢慢靠近男孩們的人，直覺的認定那個人就是虎克船長，因此不以為意。

男孩們也以為是虎克船長要來取自己的性命了，嚇得連話都說不出來，只是不停的發抖。

噠！噠！

穿著黑色大衣和帽子的人踩著不疾不徐的腳步逐漸靠近，男孩們雖然心生恐懼，但還是抬起頭來看向那個人。

「你是……」

男孩們睜大了雙眼，看著眼前這個由佳妮和妮妮「組成」的人。

「噓！我們來救你們了！」

「謝謝。」

「用這把小刀割開你們
身上的繩子吧！」

「好。」

「但是在我們救回彼得潘
之前，你們都要假裝被
綁住的樣子。」

「知道了。」

「等我們找到鑰匙，解開彼得潘的
手銬後，大家再一起攻擊。」

「你們真屬……」

男孩們的話還沒說完，佳妮和妮妮就往船艙前進。

船艙裡點著油燈，閃著微弱的燈光。佳妮每踏一步，老舊的地板就發出嘎吱的聲響，讓佳妮和妮妮的心跳加快。

妮妮脫下帽子和大衣，佳妮再把她放到地上，地板又發出嘎吱的聲響，讓兩人的心臟快跳出來了。

126

走廊盡頭有一扇門，相較於船艙內其他的門，這扇門顯得特別華麗。佳妮和妮妮肯定這扇門後就是船長室，於是偷偷靠近。

佳妮從門上的玻璃窗看進去，幸好虎克船長不在裡面。

噠噠！

佳妮剛推開門，她們就聽到有人走下船艙的聲音。妮妮趕緊戴上帽子、穿上大衣，再爬到佳妮的肩膀上。

「船長，你剛剛……在甲板上吧？什麼時候……來這裡了？」

因為喝醉而走路搖搖晃晃的海盜，連話都說不清楚。

佳妮緊張得不知如何是好，擔心作戰計劃就要失敗了。

「哼！」

這時候，妮妮不自覺的哼了一聲，沒想到海盜以為虎克船長生氣了，急忙道歉後就慌亂的逃走了。

佳妮和妮妮鬆了一口氣，趕緊趁著四下無人，迅速走進船長室。兩人很快就找到掛在牆壁上的手銬鑰匙，而不遠處某個閃閃發亮的東西吸引了妮妮的注意。

「姐姐，你看那個。」

佳妮往妮妮指的方向看去，書櫃上有個東西正在閃閃發光，正是兩人

一一直业在尋找出的黄金書籤く。

妮妮手掌业上的黑色文字忽然朝黄金書籤飛去，那些文字就像用線串起來似的，一個接一個快速進入黄金書籤，妮妮手掌业上的文字一下子就全部消失了。

妮妮趕緊從包包裡拿出魔法之書並將它攤開。

佳妮拿起黃金書籤，放在魔法之書的上方，兩者互相感應並發出耀眼的光芒。

　　接著黃金書籤像煙一樣，慢慢往魔法之書裡滲透。不知道是不是因為這樣，魔法之書上的圖畫看起來更栩栩如生了。

　　成功找回黃金書籤的佳妮和妮妮拿著鑰匙走上甲板，趁負責看守的海盜們不在的時候，走向彼得潘所在的位置。

　　彼得潘看到佳妮和妮妮後，嚇了一大跳。

　　「你們怎麼跑到這裡來了？」

　　佳妮和妮妮俏皮的對彼得潘眨了眨眼，準備解開彼得潘的手銬時，三人的背後就傳來低沉又飽含怒氣的聲音。

　　「你們是誰？」
　　虎克船長來了！

虎克船長出現了！海盜船的甲板上瀰漫著緊張的氣氛。相較於因為恐懼而動彈不得的佳妮和妮妮，經常與虎克船長打交道的彼得潘立刻做出反應。

「你不需要知道！」

彼得潘的聲音讓甲板上喝到爛醉的海盜們搖搖晃晃站起身來。而早就解開繩子的男孩們，準備好了作戰計劃。

男孩們大喊著並衝向海盜們，雖然海盜們趕緊應戰，但是卻被做好萬全準備的男孩們打得落花流水。

　　虎克船長從腰間拔出刀，砍向佳妮和妮妮。

　　「你們竟敢假扮成我！」

　　佳妮害怕得閉上雙眼，妮妮則是拿起身旁的水壺。

　　鏘！

水壺和刀碰撞後發出了巨大的聲響，所有人都望向甲板前方。

　　擋住虎克船長攻擊的人竟然是個小女孩，這件事讓海盜們十分驚訝。男孩們也很訝異曾經是他們媽媽的妮妮，此刻正在對抗虎克船長。彼得潘更是大感意外，總是哭哭啼啼的妮妮原來這麼勇敢。

　　回過神來的虎克船長覺得自尊心嚴重受創：我的攻擊居然被這個小女孩擋住了！

「哼啊啊啊啊啊！」

虎克船長氣得大喊，再次舉起刀要攻擊妮妮。由於他的氣勢實在太驚人了，讓站在一旁的海盜嚇得尿了出來。

「等一下！」

解開手銬和繩子的彼得潘飛到空中大喊。

「虎克船長，你想和這麼小的孩子戰鬥嗎？」

135

你的對手是我，快來和我一較高下！

輪不到你來命令我！

我要讓你也嚐嚐少一隻手的滋味！

你做得到就試試看吧！

閉嘴，愛說大話的臭小鬼！

咻！

偷襲！

虎克船長的刀刃劃過彼得潘的臉頰，鮮紅的血液滴滴答答的流下來。

「住手！」

佳妮舉起放在甲板上的斧頭，但是她的手卻一直在發抖。

「好孩子不能拿著這種危險的東西喔！等我解決彼得潘，馬上就輪到你了。」

虎克船長絲毫不把佳妮的話放在心上，還嘲笑她的舉動。

發現姐姐和彼得潘有危險，妮妮生氣的對著虎克船長大喊。

放開我姐姐和彼得潘！你這個只會欺負小孩的壞蛋！我絕對不要變成像你一樣的大人！

「隨你去說吧！就是這樣，我才討厭小孩！」

趁虎克船長全部的注意力都被妮妮吸引走的時候，彼得潘飛向天空。

「糟了！都是你們害的！」

錯失大好機會的虎克船長，氣得把刀指向佳妮和妮妮。

雖然佳妮的腳也不停發抖，但是仍然一心想救妹妹，所以佳妮一把推開了妮妮，讓她遠離虎克船長的刀尖。

「真是姐妹情深啊！好，我就從你開始，接著是你妹妹，你們很快就會在另一個世界重逢了！」

虎克船長的話讓佳妮的臉瞬間變得慘白。

突然間，妮妮一邊大叫，一邊衝向虎克船長。妮妮突如其來的舉動讓虎克船長當場愣住，不只刀掉在地上，連人都被妮妮攔腰撞上而一起掉進海裡。

撲通！

撲通！

「妮妮！」

看到妮妮掉進海裡，佳妮趕緊跟著跳下去。

撲通！

目擊一切的男孩們立刻跑向船邊，盯著已經恢復平靜的海面。

「佳妮和妮妮救了我們！」

「也救了彼得潘！」

「她們竟然敢和虎克船長對抗！」

「原來女生也可以這麼勇敢！」

男孩們淚流滿面，以為佳妮和妮妮都死掉了。不過有一件事是他們不知道的——佳妮和妮妮是游泳健將，在很多比賽中拿過獎狀呢！

果然，過不了多久，海面上就傳來拍打的水花聲。首先浮出海面的是佳妮，接著妮妮也浮上來了。

　　「佳妮和妮妮還活著！」

　　「太好了！」

　　男孩們放下繩子，準備拉佳妮和妮妮上船，這時候，虎克船長也浮上海面。

　　「可惡的臭小鬼，我絕對不會放過你們！」

　　「佳妮、妮妮，小心後面！」

　　男孩們在甲板上著急的跺腳，卻束手無策。

　　眼看虎克船長的鐵鉤就快勾到佳妮的長髮，剛才不知道去哪兒的彼得潘忽然出現，他撒出精靈粉後，就拉著佳妮和妮妮飛上天空。

　　「虎克船長，我為你帶來了一位很久不見的老朋友喔！」

　　聽完彼得潘的話，佳妮和妮妮隨即聽到了熟悉的滴答聲。

　　「你聽到了嗎？」

滴答！滴答！

　　這是虎克船長最害怕的聲音，因為這個聲音代表那隻把他的左手和手錶都吃下肚的鱷魚出現了。

　　從聲音的大小來判斷，可以知道鱷魚已經來到離這裡很近的地方了。虎克船長緊張的東張西望，隨即看到一個圓木狀的東西從他的背後迅速靠近，然後張開血盆大口。

「哇啊！」

　　虎克船長的身影一下子就從海面上消失了。

眼看虎克船長敗下陣來，海盜們紛紛搭上小船，離開了海盜船，男孩們則在海盜船上歡呼著。

「呀呼！虎克船長完蛋了！」

「佳妮和妮妮萬歲！」

「謝謝你們救了我們，我還要為曾經對你們惡作劇的事道歉。」

彼得潘朝佳妮和妮妮伸出手。

「沒關係，畢竟那時候我們都不認識彼此。」

佳妮和妮妮握住彼得潘的手。

「你們接下來有什麼計劃？」

「我們要帶著黃金書籤回到波普斯魔法圖書館，然後回家。」

佳妮笑著回答彼得潘的問題。

「我們送你們一程，就搭這艘船去波普斯吧！」

彼得潘飛到海盜船的船帆上，接著指揮男孩們各就各位。

「哇啊！這是我第一次搭真正的海盜船耶！」

妮妮開心的手舞足蹈，佳妮也滿懷期待望向遠方。

第11章
所有的孩子都是英雄

　　佳ㄐㄧㄚ妮ㄋㄧˊ和ㄏㄜˊ妮ㄋㄧˊ妮ㄋㄧˊ一一下ㄒㄧㄚˋ船ㄔㄨㄢˊ，
就ㄐㄧㄡˋ聽ㄊㄧㄥ見ㄐㄧㄢˋ了ㄌㄜ˙歌ㄍㄜ聲ㄕㄥ。

人類的孩子啊！
所有的孩子都是英雄！
將故事傳承下去！
讓范特西爾持續下去！
迎接回來的英雄吧！

　　隨著佳妮和妮妮踏出的步伐，各種植物鋪成了一條路，大猩猩、老虎、長頸鹿、大象、小鹿、松鼠、兔子等動物都夾道歡迎。

　　佳妮和妮妮走到波普斯魔法圖書館的門前，大門隨即打開了。

「歡迎回來，你們辛苦了。你們經歷過的冒險，將成為另一個新的故事。」

托米笑著迎接佳妮和妮妮。

妮妮把魔法之書交給托米，黃金書籤立刻從魔法之書裡出來，閃著光芒並飄浮在空中。

托米拿著魔法之書，帶領佳妮和妮妮來到魔法圖書館的陽臺。

「多虧你們的努力，阻止夢幻島的黑煙散開，那裡已經安全了。但是其他地方……」

托米指向的地方，正巧降下一道閃電，那裡頓時變成廢墟，升起一陣黑煙。

「黑魔法師的破壞力正在變強。」

「我們在夢幻島上有看到被破壞的地方，太可怕了。」

「想從黑魔法師的手裡拯救范特西爾，只能靠你們的力量。」

「托米你做不到嗎？」

「能自由穿梭在各個王國間尋找黃金書籤的，只有你們這些從現實世界來的孩子，我無法隨心所欲的進入其他故事的王國。」

「可是我中箭的時候，你不是來救我了嗎？」

「因為狀況很緊急，我才用魔法短暫過去一下。就像我和你們說過的，如果我在那裡逗留太久，夢幻島會變得很奇怪。」

「只有我們可以拯救范特西爾嗎？其他人不行嗎？」

「我也不知道，或許魔法之書有一天會告訴我們答案。」

「姐姐，我們還要來幫助范特西爾喔！我喜歡這裡。」

「妮妮，這並不簡單，你也知道這裡有多危險，而且爸爸和媽媽還在等著我們。」

「沒關係，誰都不能強迫你們。」

「請再給我們一點時間思考。」

「對，我們要再想一下。」

「那你們帶走魔法之書吧！只要翻開它，你們隨時都可以回到范特西爾。」

托米把魔法之書交給兩人，佳妮和妮妮似乎能從書上感覺到溫暖的氣息。

「一定要再來喔！」

　　妮妮用力的點頭，佳妮則是有點為難的笑著。

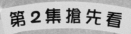

佳妮和妮妮好，很高興認識你們。

我是住在奇幻國的白兔，我聽托米說過你們的事，我還聽說因為相信精靈存在的孩子變多了，所以夢幻島上精靈王國的精靈數量增加了，這都是你們的功勞。

雖然這件事很令人開心，但是黑魔法師似乎又展開攻擊了，我們奇幻國也因此發生了許多怪事。拜託你們幫幫忙，救救陷入危險的愛麗絲！

請你們再次翻開魔法之書吧！

寄信人
奇幻國
白兔

收信人
佳妮和妮妮

魔法圖書館的群組

托米邀請佳妮和妮妮加入群組。

 你們好。

托米好。

你好。

 夢幻島上有什麼讓你印象深刻的事嗎？

我喜歡精靈王國，那裡的甜點真是太好吃了！

溫蒂和小仙子可噹的感情其實很好這件事讓我很驚訝。

 你們知道的《彼得潘》故事，有許多和原著不一樣的地方，例如虎克船長其實很聰明，而且擅長運動，掛著鐵鉤的則是右手。

那虎克船長的形象怎麼會變得這麼糟呢？

應該是因為動畫裡的壞蛋形象太強烈了吧！

 沒錯，以《彼得潘》原著為原型，誕生了數不清的動漫畫、電影、小說、戲劇、音樂劇等作品，而且它們都有各自的特色。

原著的結局是什麼？溫蒂有把彼得潘帶回去嗎？

 爆雷就不有趣啦！如果好奇，可以去看原著喔！

我立刻去圖書館借書。

 不過我可以向你們介紹作者詹姆斯·馬修·巴里，快翻到下一頁看看吧！

作者介紹

1913年
被任命為
從男爵

1922年
被授予功績
勳章

詹姆斯・馬修・巴里
James Matthew Barrie

1860年5月9日～1937年6月19日
英國出身的作家兼小說家

※**從男爵**：在英國的階級制度中，從男爵的地位在男爵之下、騎士之
上，是創下卓越功勳的人從英國國王那裡受封的爵位。
※**功績勳章**：在軍事、科學、藝術、文學等領域做出優異表現的人，
從英國國王那裡獲頒的勳章，是一項很高的榮譽。

詹姆斯‧馬修‧巴里在10個兄弟姐妹中排行第九，畢業於英國愛丁堡大學。

巴里住在英國倫敦的肯辛頓公園附近，他經常去那裡散步，因此認識了戴維斯一家人，並與他們家的孩子感情很好，經常和他們說有精靈、魔法、海盜等人物登場的故事。

戴維斯家有5個孩子，巴里把三男彼得的名字，和希臘神話中的牧神潘結合在一起，就成為彼得潘的名字了。

起初巴里是寫成《彼得潘：不會長大的男孩》這齣戲劇，雖然他曾經收到「這種荒唐的故事誰會喜歡」的意見，但是1904年12月27日，這齣戲第一次上演的時候就獲得滿堂彩。

戴維斯夫婦相繼去世後，巴里把他們的孩子當成自己的孩子般照顧。之後，巴里將《彼得潘：不會長大的男孩》這齣戲劇改寫成小說《彼得和溫蒂》，我們現在讀的《彼得潘》就是這本小說的翻譯。

《彼得潘》成為受到全世界讀者所喜愛的經典名著，但巴里並不因此驕傲自滿，反而將因為《彼得潘》而得到的錢捐給醫院等機構，使他成為備受世人推崇的作家。

名著心理測驗

 在《彼得潘》的人物中，我和誰最像呢？

 跟著箭頭移動就知道囉！

和朋友一起玩是我最開心的時候。

不是 →

朋友做錯事時，我會裝作不知道。

是 ↓

是 ↓

如果可以，我想永遠當個小孩。

不是 →

無論朋友的祕密是什麼，我都會幫忙保密。

是 ↓

不是 →

 我無法忍受無趣的事。

是 →

 我喜歡代表大家站出來。

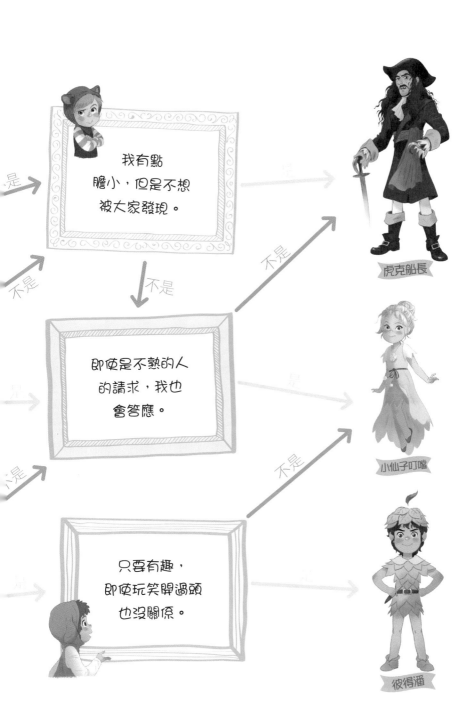

是

不是

我有點
膽小，但是不想
被大家發現。

不是

不是

虎克船長

即使是不熟的人
的請求，我也
會答應。

是

不是

小仙子叮噹

是

只要有趣，
即使玩笑開過頭
也沒關係。

彼得潘

彼得潘

國家圖書館出版品預行編目（CIP）資料

魔法圖書館 1 拯救彼得潘 / 智迪莉作；李景姬繪；
石文穎譯 . -- 初版 . -- 新北市：大眾國際書局，
2022.7
168 面；15x21 公分 . -- （魔法圖書館 ；1）
ISBN 978-986-0761-53-5（平裝）

862.599   111007620

小公主成長學園CFF025

魔法圖書館 1 拯救彼得潘

作　　　　者	智迪莉
繪　　　　者	李景姬
監　　　　修	工作室加嘉
譯　　　　者	石文穎

總　編　輯	楊欣倫
執 行 編 輯	徐淑惠
特 約 編 輯	林宜君
封 面 設 計	張雅慧
排 版 公 司	芊喜資訊有限公司
行 銷 統 籌	楊毓群
行 銷 企 劃	蔡雯嘉

出 版 發 行	大眾國際書局股份有限公司　大邑文化
地　　　　址	22069 新北市板橋區三民路二段 37 號 16 樓之 1
電　　　　話	02-2961-5808（代表號）
傳　　　　真	02-2961-6488
信　　　　箱	service@popularworld.com
大邑文化 FB 粉絲團	http://www.facebook.com/polispresstw

| 總 經 銷 | 聯合發行股份有限公司 |
| | 電話　02-2917-8022　　傳真　02-2915-7212 |

法 律 顧 問	葉繼升律師
初 版 一 刷	西元 2022 年 7 月
定　　　　價	新臺幣 280 元
I　S　B　N	978-986-0761-53-5

大邑文化讀者回函

謝謝您購買大邑文化圖書，為了讓我們可以做出更優質的好書，我們需要您寶貴的意見。回答以下問題後，請沿虛線剪下本頁，對折後寄給我們（免貼郵票）。日後大邑文化的新書資訊跟優惠活動，都會優先與您分享喔！

✍ 您購買的書名：＿＿＿＿＿＿＿＿＿＿＿＿＿＿＿＿＿＿＿＿＿＿

✍ 您的基本資料：

姓名：＿＿＿＿＿＿，生日：＿＿年＿＿月＿＿日，性別：□男　□女

電話：＿＿＿＿＿＿＿＿，行動電話：＿＿＿＿＿＿＿＿＿＿＿＿

E-mail：＿＿＿＿＿＿＿＿＿＿＿＿＿＿＿＿＿＿＿＿＿＿＿＿＿

地址：□□□-□□＿＿＿＿＿＿＿縣／市＿＿＿＿＿＿鄉／鎮／市／區

　　　＿＿＿＿路／街＿＿＿段＿＿＿巷＿＿＿弄＿＿＿號＿＿＿樓／室

✍ 職業：

□學生，就讀學校：＿＿＿＿＿＿＿＿＿＿＿＿，＿＿＿＿＿＿年級

□教職，任教學校：＿＿＿＿＿＿＿＿＿＿＿＿＿＿＿＿＿＿＿＿＿

□家長，服務單位：＿＿＿＿＿＿＿＿＿＿＿＿＿＿＿＿＿＿＿＿＿

□其他：＿＿＿＿＿＿＿＿＿＿＿＿＿＿＿＿＿＿＿＿＿＿＿＿＿＿

✍ 您對本書的看法：

您從哪裡知道這本書？□書店　□網路　□報章雜誌　□廣播電視

□親友推薦　□師長推薦　□其他＿＿＿＿＿＿＿＿＿＿＿＿＿＿＿

您從哪裡購買這本書？□書店　□網路書店　□書展　□其他＿＿＿

✍ 您對本書的意見？

書名：□非常好□好□普通□不好　　封面：□非常好□好□普通□不好

插圖：□非常好□好□普通□不好　　版面：□非常好□好□普通□不好

內容：□非常好□好□普通□不好　　價格：□非常好□好□普通□不好

✍ 您希望本公司出版哪些類型書籍（可複選）

□繪本□童話□漫畫□科普□小說□散文□人物傳記□歷史書

□兒童/青少年文學□親子叢書□幼兒讀本□語文工具書□其他＿＿＿＿

✍ 您對這本書及本公司有什麼建議或想法，都可以告訴我們喔！

＿＿＿＿＿＿＿＿＿＿＿＿＿＿＿＿＿＿＿＿＿＿＿＿＿＿＿＿＿＿＿＿

＿＿＿＿＿＿＿＿＿＿＿＿＿＿＿＿＿＿＿＿＿＿＿＿＿＿＿＿＿＿＿＿

＿＿＿＿＿＿＿＿＿＿＿＿＿＿＿＿＿＿＿＿＿＿＿＿＿＿＿＿＿＿＿＿

大邑文化

新北市永和區三民路二段 37 號 16 樓之 1
220-69

郵件人地址：
□□□-□□
縣/市 ___ 鄉/鎮/市/區
路/街 ___ 段 ___ 巷 ___ 弄 ___ 號 ___ 樓/室

寄件人：___

免貼郵票
板橋郵局登記證
板橋廣字第 987 號
廣 告 回 信

大邑文化

服務電話：（02）2961-5808（代表號）

傳真專線：（02）2961-6488

e-mail：service@popularworld.com

大邑文化 FB 粉絲團：http://www.facebook.com/polispresstw